Ojalá fuera un extraterrestre

ISBN 0-7696-4060-5

50395

9 780769 640600

EAN

School Specialty
Children's Publishing

Derecho de propiedad literaria © Evans Brothers Ltda. 2004. Derecho de
ilustración © Lisa Williams 2004. Primera publicación de Evans Brothers
Limited, 2ª Portman Mansions, Chiltern Street. London WIU 6NR, Reino Unido.
Se publica esta edición bajo licencia de Zero to Ten Limited. Reservados todos
los derechos. Impreso en China. Gingham Dog Press publica esta edición
en 2005 bajo el sello editorial de School Specialty Children's Publishing, miembro
de la School Specialty Family.

Biblioteca del Congreso. Catalogación de la información sobre la publicación en
poder del editor.

Para cualquier información dirigirse a:
8720 Orion Place
Columbus, OH 43240-2111

ISBN 0-7696-4060-5

1 2 3 4 5 6 7 8 9 10 EVN 10 09 08 07 06 05 04

Lectores relámpago

NIVEL
2
Lector emergente

Ojalá fuera un extraterrestre

de Vivian French

ilustraciones de Lisa Williams

GINGHAM DOG
PRESS

Columbus, Ohio

Ojalá fuera un extraterrestre.
Daría vueltas por el espacio.

No tendría que lavarme los dientes.

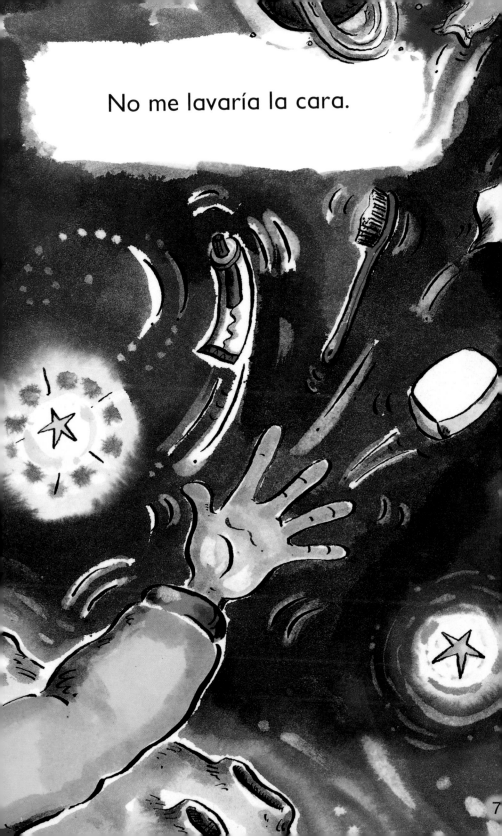

No me lavaría la cara.

Volaría alrededor de los planetas.

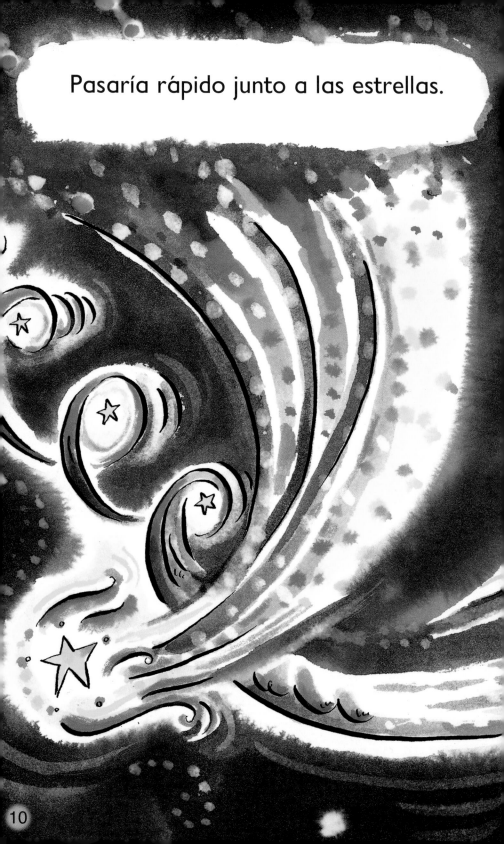

Pasaría rápido junto a las estrellas.

Iría hasta Júpiter y lo visitaría.

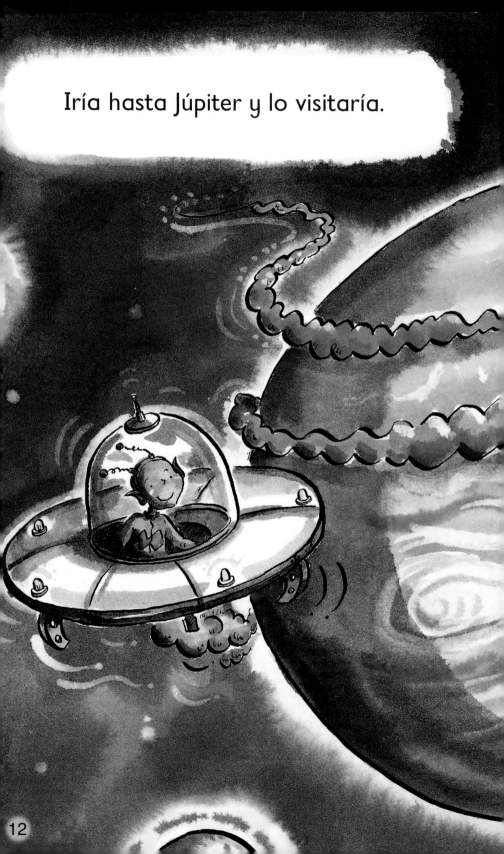

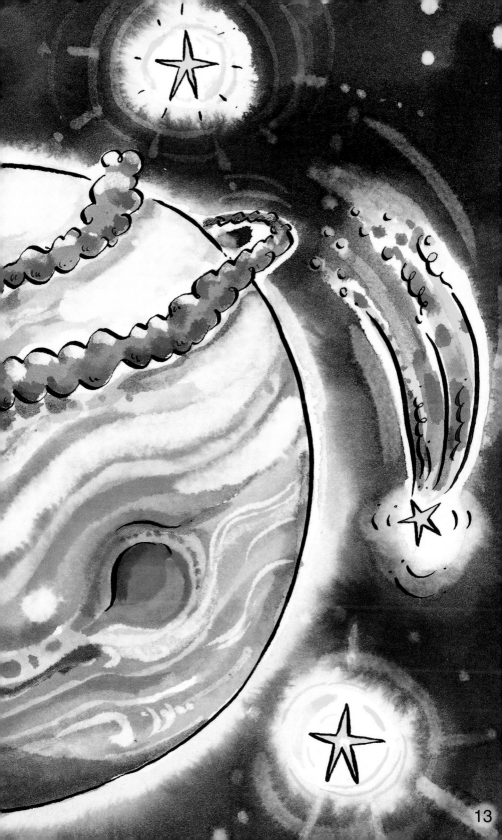

Iría hasta Marte y lo visitaría.

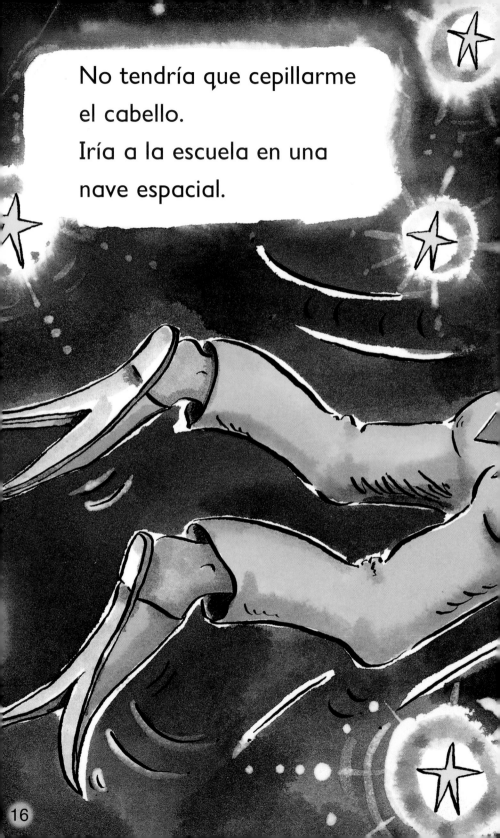

No tendría que cepillarme el cabello.

Iría a la escuela en una nave espacial.

Ojalá fuera un extraterrestre.
¡La vida de un extraterrestre
es genial!

Ojalá fuera un niño de la Tierra.

No viviría en el espacio.

No tendría once brazos.

Y tendría cara.

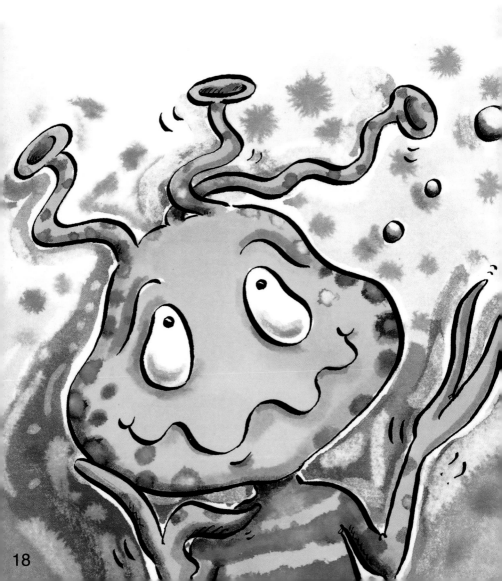

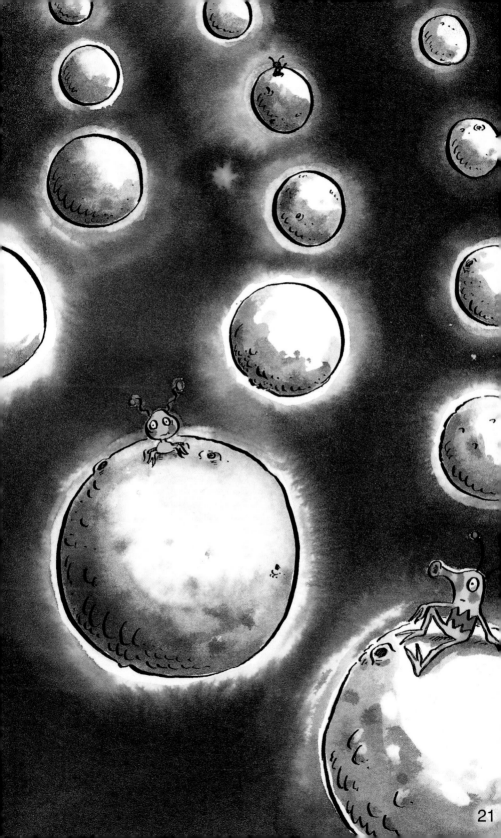

Quiero viajar en autobuses.

23

Quiero pasear en automóviles.

Quiero jugar con niños.

Quiero ir a la escuela.

29

Ojalá fuera un niño de la Tierra. ¡La vida de un niño de la Tierra es genial!

Palabras que conozco

alrededor	quiero
viviría	fuera
jugar	ojalá
viajar	pasear

¡Piénsalo!

1. Describe cómo es un niño de la Tierra.
2. Describe cómo podría ser un extraterrestre.
3. ¿Qué clase de cosas hace un extraterrestre?
4. ¿Qué clase de cosas hace un niño de la Tierra?

El cuento y tú

1. ¿Deseaste alguna vez ser otra persona? ¿Quién?
2. ¿Qué te gustaría ser: un extraterrestre o un niño de la Tierra?